LE DICO RIGOLO DES MARMOTS

Philippe Lecaplain

LE DICO RIGOLO DES MARMOTS

Albin Michel

« Tout enfant est
en quelque façon un génie,
et tout génie un enfant. »
Arthur Schopenhauer

... À la bande de jumeaux
que forment Vincent et Louis !

Introduction

Longtemps, recevoir un dictionnaire en cadeau signifiait à celui dont le nom était écrit à l'encre violette sur la page de garde qu'il devenait un « grand ». Qu'il quittait l'enfance pour l'adolescence. Qu'il passait de son langage à celui des adultes. Qu'il allait dorénavant devoir compter avec des orthographes et des sens définitifs.

Or, hier comme aujourd'hui, avant de savoir lire un dictionnaire, les enfants développent leurs propres définitions des choses. Les écouter nommer leur monde, c'est découvrir la manière dont ils appréhendent la vie... de A à Z.

Feuilleter ce *Dico rigolo des marmots* revient ainsi à ouvrir un livre fait de bons mots, d'images, de poésie et (bien souvent) de philosophie. Un dictionnaire singulier où cruauté et amour vache ont aussi leur place... Partageons ce plaisir ensemble !

Enfin, chacune des lettres de ce drôle d'abécédaire est ponctuée de mon propre dictionnaire, inspiré par la vie avec mes enfants, afin d'évoquer le point de vue du parent que je suis et du « bon » père que j'ambitionne d'être... À lire, à chaque fois, comme une petite histoire, ludique et authentique.

Philippe Lecaplain

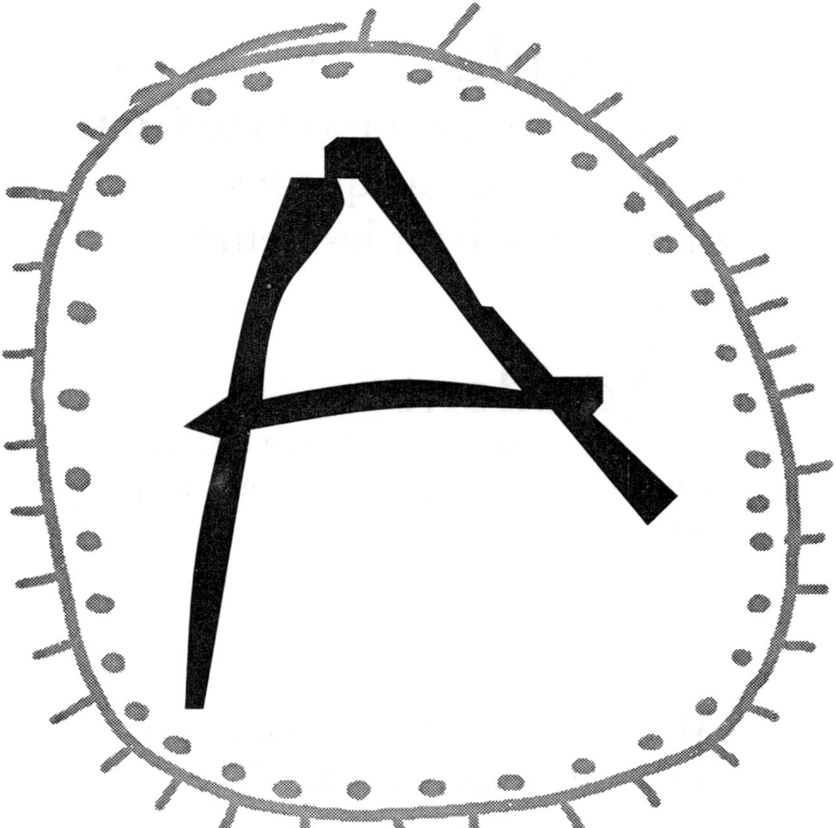
A

Abeilles

« Oiseaux minuscules et méchants inventés pour pas que les enfants arrachent les fleurs. »

Estelle, 5 ans.

Accident

« C'est ce qui arrive quand la voiture a tapé contre un mur et qu'après, on est handicapé du moteur. »

Justin, 7 ans.

Acier

« Métal qui est plus résistant que le bois, mais moins naturel. »

Fulbert, 9 ans.

Adieu

« Mot qui veut dire : “au revoir”, mais quand on est mort. »
Leila, 5 ans.

Adulte

« C’est l’âge qu’on a, quand on a les pieds très loin dans le lit. »

Violette, 4 ans.

« C’est juste des enfants qui ont grandi. »
Maëlle, 6 ans.

Afrique

« Région du monde où il y a beaucoup de soleil. C'est pour ça que les habitants sont "bronzés foncés" tout le temps. »
Florian, 5 ans.

Agent secret

« Le meilleur est *Jess Bombe* parce que, à la fin, il fait toujours exploser la base des méchants. »
Louis, 8 ans.

Air pur

« Il est constitué uniquement de gaz naturels. »
Enguerran, 8 ans et demi.

Alimentation

« La vache est herbivore, la poule est granivore, et le chien est *croquettore*. »
Manu, 6 ans.

Amour

« Ça arrive quand la fille se met du sent-bon et que le garçon s'asperge de l'après-rasage de son père et qu'ils vont dans un coin du square pour se sentir. »
Guénolé, 8 ans.

Anniversaire

« C'est quand on fait pile son âge. »
Idriss, 7 ans.

Apéro

« C'est le goûter des adultes. »
Élio, 5 ans et demi.

Arbre

« Il sert à attacher les feuilles ensemble. C'est le trombone de la nature. »
Lysina, 5 ans.

Arènes

« C'est là que les Romains organisaient des combats de *radiateurs*. »
Kevin, 6 ans.

Aréole

« Bout du sein des mamans. Comme les bébés ne savent pas encore bien voir, c'est comme du braille et ça veut dire "téter ici" ! »
Loana, 7 ans.

Argent

« Depuis le divorce d'avec Maman, Papa dit que c'est ce qui lui permet d'avoir des nouvelles de nous de temps en temps. »
Éléonore, 8 ans.

Asie Mineure

« Continent où les gens qui y habitent sont encore plus petits que les Chinois. »
Adriana, 7 ans.

Asticot

« Bébé ver de terre. »

Tom, 5 ans et demi.

« Bestiole maniaque car il frotte sa peau pour qu'elle brille. »

Julie, 7 ans.

Athée

« C'est quand tu es de mauvaise foi ! »

Aymar, 11 ans.

Autobiographie

« Histoire de la vie de la voiture des papas. »

Titouan, 6 ans et demi.

Autocar

« C'est ce à quoi ressemble la voiture de Maman le mercredi après-midi quand elle doit nous amener avec nos copains aux activités... »
Marine, 7 ans et demi.

Automne

« Période où les arbres laissent tomber leurs feuilles parce qu'ils sont fatigués de les avoir portées depuis le début du printemps. »
Bénédicte, 5 ans et demi.

Autruche

« Flamant rose qui s'est fait éplucher. »
Maëlle, 6 ans.

Averse

« C'est quand il pleut comme une vache qui va aux toilettes... Je n'ai pas le droit de dire "qui pisse" ! »
Benoît, 7 ans.

Avion

« Égratigneur de ciel. »
Ninette, 5 ans.

« Bruit que fait Papa pour faire manger son p'tit pot à mon p'tit frère. »
Suzie, 6 ans et demi.

Le dictionnaire (Arbitraire) de Papa

Areuh, Adorable, Attendrissant, Affamé, Amour, Alouette, Abracadabra, Affection, Agaçant, Arrête ça tout de suite !, Attention !, Allez oust !, Amygdales et végétations, Arrosoir, Arc et flèches, Astronaute, Armée de petits soldats, Anniversaire, Apprendre, Addition, Arithmétique, Alphabet et... l'Abécédaire que vous tenez dans vos mains !

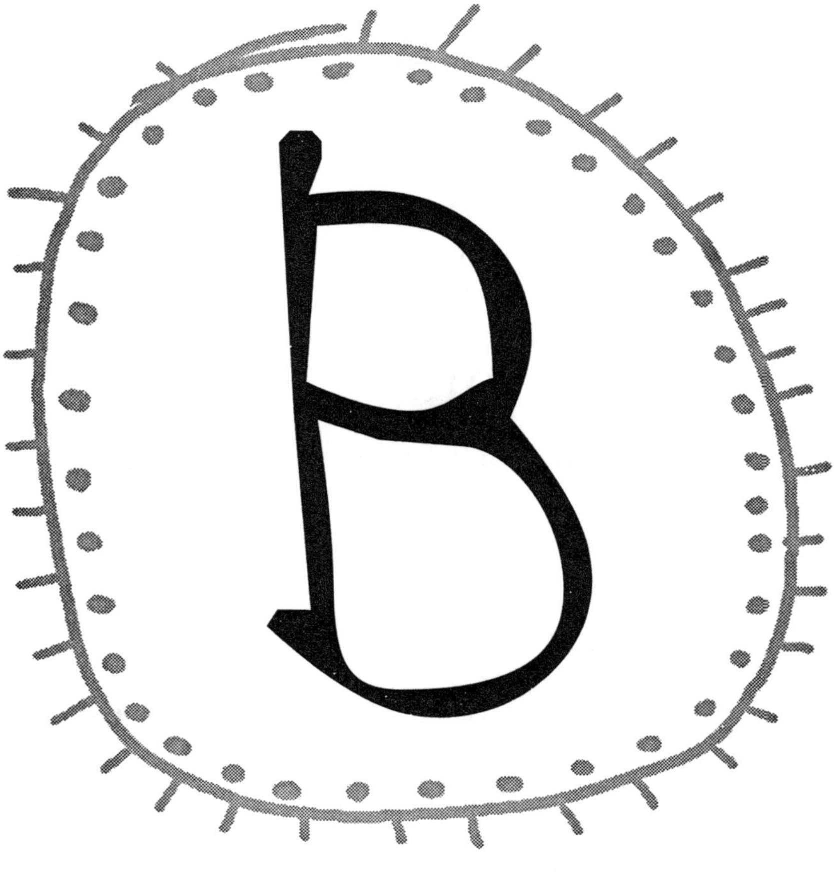
B

Baby-sitter

« Ado qui doit être responsable comme un adulte pour nous garder, pour que nos adultes de parents puissent sortir et se comporter comme des adolescents. »
Ulrich, 14 ans.

Bagnole

« Vieille voiture où tout fait du bruit sauf l'autoradio. »
Arsène, 13 ans.

Baiser

« Bisou où on bave dans la bouche du garçon. »
Léonie, 9 ans.

« Médicament des parents pour qu'on aille mieux tout de suite. »

Raoul, 7 ans.

Baleine

« C'est le seul animal qui fait pipi par le dos. »

Josué, 5 ans.

Banquier

« Marchand de sous. »

Aline, 6 ans.

Barbe à papa

« Glace à poils que j'adore. »

Marina, 6 ans.

Barbecue

« Moi, je préfère dire "Poils aux fesses !" »
Victor, 6 ans et demi.

Baromètre

« Appareil qui sert à être accroché sur le mur du salon des vieilles personnes. »

Florent, 7 ans et demi.

Batman

« C'est le seul garçon qui a le droit de mettre son slip par-dessus son pantalon. »
Antoine, 7 ans.

Bavardage

« La maîtresse dit toujours que je n'ai pas ma langue dans ma poche. Elle a raison parce qu'elle est... dans ma bouche. »
Charlotte, 6 ans.

Bébé

« Estomac avec deux jambes ! »
Any, 5 ans.

« Maman dit que c'est l'état de Papa quand il est malade. »

Mélanie, 7 ans.

« À la naissance, on ne peut pas choisir si c'est un garçon ou une fille, c'est la jungle qui décide. »

Céleste, 4 ans et demi.

Belle-maman

« N'importe quoi, elle est moche ! »

Julien, 8 ans et demi.

Biroute

« On a droit de le dire : c'est une route à deux voies ! »

Augustin, 7 ans.

Bisexuel

« C'est quand quelqu'un fait l'amour que deux fois par an ! »

Hugo, 9 ans et demi.

Bleu

« Ça sert à faire le ciel. »

Léa, 5 ans.

Boléro

« Petite veste espagnole que portait Ravel quand il écrivait de la musique. »

Juliette, 10 ans et demi.

Bonbon

« Truc absolu pour que les filles soient folles de toi. »

Olive, 8 ans.

Bonheur

« C'est quand je fais un câlin avec Papa et Maman... »
Roseline, 6 ans.

« Pour nager dedans, il faut rester prudent et rester là où on a pied. »
Alix, 10 ans.

Bordel

« C'est comme cela que Maman appelle la pièce au sous-sol de la maison où Papa a son bureau. »
Tatiana, 7 ans.

Bottes

« Grandes chaussures en caoutchouc permettant aux enfants de mesurer la profondeur des flaques d'eau ! »

Félix, 9 ans.

Bouddhiste

« Sa femme est un boudin mais il fait plus attention à son intelligence qu'à son physique. »

Martinien, 8 ans et demi.

Boue

« Confiture de terre. »

Alice, 5 ans.

Brosse à dents

« Peigne pour se coiffer les dents. »

Amandine, 3 ans et demi.

Brouillard

« C'est quand les nuages sont tombés par terre. »

Gildas, 7 ans.

«Temps qu'il fait quand le nuage mange la tête de la tour Eiffel. »

Léon, 5 ans et demi.

Bruine

« Temps de chien où il *flottine*. »

Mariette, 6 ans.

Bulles

« Petites boules qui volent alors qu'elles n'ont pas d'ailes. »

Paule, 6 ans.

Le dictionnaire (Bienveillant) de Papa

Bébé, Biberon, Bain, Barboter, Berceuse, Baptême, Bisou, Baveux, Beurk !, Blondinet, Braillard, Bidule, Baragouiner, Bougie d'anniversaire, Baby-sitter, Berlingot, B.A.-ba, Biscuit, Brosse à dents (et que ça mousse !), Balançoire, Ballon, Bille, Bêtise, Bâton, Bruit, Bagarrer, Bobo, Bibliobus, Baguette chaude (miam-miam...).

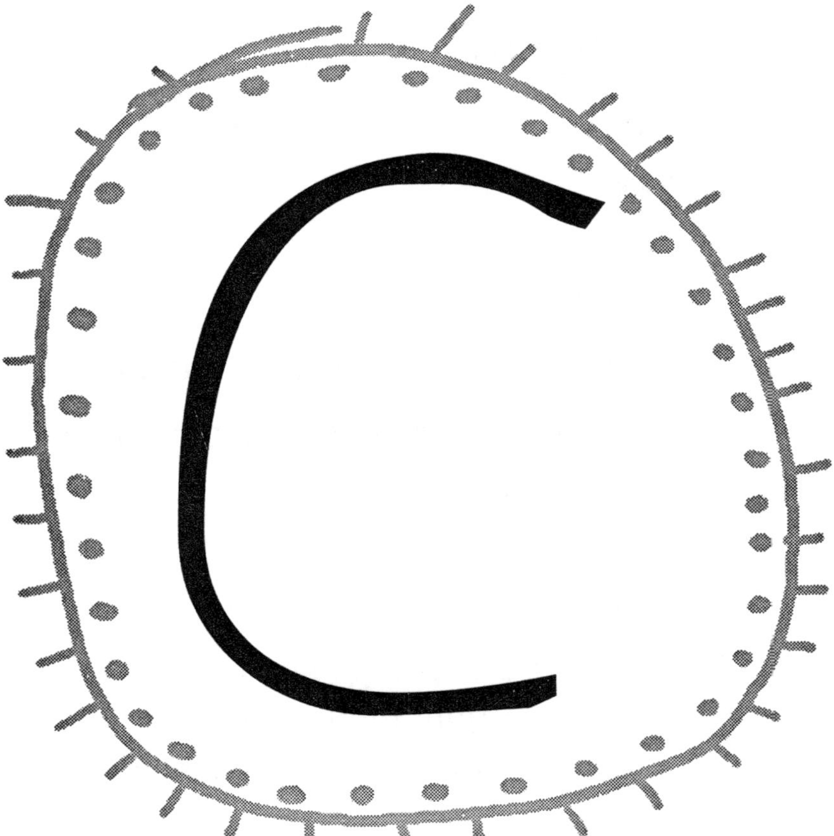
C

Cabriolet

« Voiture sans couvercle. »

Enzo, 8 ans.

Caca

« C'est ce qui fait rigoler tous les enfants du monde entier. »

Éléonore, 6 ans et demi.

Cactus

« Espèce de grosse courge hérissée de piquants sur quoi tombent les parachutistes qui n'ont pas de chance. »

Karim, 9 ans.

Café

« C'est comme du caca qui fait pipi ! »

Nathy, 4 ans et demi.

Cafetière

« Dame qui passe son temps au café du coin pour dire du mal des gens et les dénoncer. »

Sylvana, 8 ans.

Câlin

« Il se fait dans le lit des parents quand on est en panne de réchauffement. »
Clémentine, 6 ans.

Canne à pêche

« C'est un bâton avec un crochet à un bout et mon papy à l'autre. »
Cathy-Lise, 7 ans.

Cannibale

« C'est un homme qui aime son prochain en sauce. »
Marco, 9 ans

Caraïbes

« Dans cette mer baignent les *lentilles* françaises. »

Abdalrhaman, 8 ans.

Cardiaque

« Malade du cœur qui, du coup, ne peut plus aimer quelqu'un. »

Emma, 6 ans et demi.

Caresse

« Elle permet de faire l'amour qu'avec le bout des doigts. »

Lilian, 12 ans.

Carte routière

« Grand papier qui énerve mon père quand il faut la replier pour la ranger. »

Agathe, 8 ans et demi.

Caviar

« Il pousse dans des poissons très chers. »

Terence, 8 ans et demi.

« C'est comme les œufs de *lampe*, mais c'est moins cher. »

Nicolas, 6 ans.

Célibataire

« C'est quand un garçon n'a pas encore trouvé une fille pour nettoyer ses habits et sa maison ! »
Anaëlle, 8 ans.

Centaine

« Avoir cent ans, c'est être centenaire, alors qu'avoir mille ans, c'est être millionnaire. »
Constance, 6 ans.

Cerveau

« C'est lui qui donne les ordres aux autres parties du corps qui sont obligées d'obéir. »
Aglaé, 8 ans et demi.

« Les hommes ont un cerveau, les femmes ont une cervelle. »
Romaric, 9 ans.

Chagall

« Célèbre joueur de rugby français lors de la Coupe du monde. »
Mourad, 9 ans et demi.

Chagrin

« C'est ce qui fait tellement saigner mon cœur que ça déborde par mes yeux. »
Sarah, 6 ans et demi.

Chandail

« Pull que je dois mettre à chaque fois que ma maman a froid. »
Manon, 6 ans.

« C'est l'autre nom des *pull-hivers*. »
Constance, 5 ans et demi.

Chauve

« Tête d'un monsieur qui a effacé ses cheveux et qui ressemble à une gomme. »
Éva, 6 ans.

« C'est la coiffure des vieux messieurs. »
Cassandra, 8 ans.

« Si tu veux pas perdre tes cheveux, t'as qu'à être chauve ! »
Amandine, 7 ans.

Chauve-souris

« Femelle des rats qui n'ont rien sur le caillou ! »
Alyssa, 6 ans et demi.

Cheminée

« Usine à nuages. »

Vincent, 6 ans et demi.

Chevaux

« On dit ça quand il y a plusieurs *chevals*. »
Julia, 6 ans.

Cheville

« Poignet du pied. »

Kevin, 5 ans et demi.

Chiffon à poussière

« Vieux slip à Papa que Maman veut plus qu'il porte et que, lui, veut absolument garder. »

Inès, 7 ans.

Chirurgien

« Docteur très fort parce qu'il peut démonter un corps et le remonter sans se tromper. »

Mathis, 9 ans.

Christophe Colomb

« Explorateur qui a été le premier colon en Amérique. »

Moshé, 9 ans.

Ch'ti

« Pays où les gens n'ont pas d'orteils à cause du froid et où on parle bizarre. »

Benoît, 10 ans.

Cils

« Poils des yeux. »

Élie, 5 ans et demi.

Cimetière

« Jardin des morts. Mais ma mamie ne va pas repousser même si on arrose sa tombe tous les jours... »

Alice, 6 ans.

« C'est le parking pour les gens morts. »

Louisette, 5 ans et demi.

Climatisation

« Appareil qui permet d'attraper un rhume en été. »

Tiffany, 6 ans.

Cloche

« Elle sert à réveiller le Bon Dieu le dimanche matin pour aller à l'église. »

Célestin, 10 ans.

Clôture

« Grillage pour que les voisins se mélangent pas. »

Marion, 4 ans.

Clown

« Monsieur déguisé en rigolo. »

Émeline, 5 ans.

Cochon

« Animal fait avec du jambon. »

Raphaël, 4 ans.

« Ce sont des bêtes qui font le même bruit que mon papa quand il dort. »

Ann-Liz, 6 ans.

Cœur

« Organe qui sécrète l'amour. Donc obligatoire, si on veut tomber amoureux. »

Smirna, 5 ans.

Coiffeur

« C'est le magasin où on te lave les cheveux dans de drôles de bidets. »

Amandine, 5 ans.

Colère

« C'est la goutte d'eau qui met le feu aux poudres. »

Mustapha, 8 ans et demi.

Collier

« Bracelet du cou. »

Emma, 6 ans.

Communion

« Chez les juifs, ils font la fête de l'enfant le jour de sa *bar pizza*. »

Vincent, 10 ans.

Congelé

« Plat à manger que fait le papa quand la maman travaille. »

Lynette, 8 ans.

Congé sabbatique

« C'est quand le papa joue à la maman à la maison. »

Maximilien, 8 ans et demi.

Cordon ombilical

« Petit lasso qui sert au docteur à attraper le bébé dans le ventre de la maman quand il doit naître. »
Olivia, 6 ans.

Cou

« Tuyau qui permet au manger de passer de la bouche au ventre. »
Aglaé, 5 ans et demi.

Couche-culotte

« C'est pour les bébés filles, sinon ce serait une *couche-slip*. »
Éloïse, 5 ans et demi.

Coup de foudre

« Moment où une fille te fait oublier tout de suite que tu as eu une mauvaise note à l'école. »

Aldo, 7 ans.

Courage

« C'est faire semblant de ne pas avoir peur. »

Alex, 8 ans.

Cousines

« Filles de ma famille qui s'appellent toutes Germaine. »

Zabeth, 6 ans.

Couveuse

« Micro-ondes où on met les nouveaux bébés pour pas qu'ils aient froid. »

Dorine, 6 ans.

Crapule

« Femelle du crapaud. »

Cosma, 6 ans.

Cravate

« Bavoir de Papa. »

Mathias, 6 ans et demi.

Crèche

« Garderie des enfants qui sont encore trop petits pour être grands. »
Suzie, 7 ans.

Croisade

« Voyage en bateau organisé par le pape. »
Éloïs, 8 ans.

Croque-mort

« Monsieur habillé en noir qui fait toujours une tête d'enterrement. »
Lynette, 10 ans.

Cuba

« Pays réputé pour ses cultures de cigares. »
Louis, 9 ans et demi.

Cul

« Forme qu'ont les fesses quand elles sont jolies. »
Julien, 11 ans.

Cygne

« Cousin du canard en tenue de marié. »
Léa, 5 ans.

Le dictionnaire (Charmant et Chamboulé) de Papa

Césarienne, Crevette, Caresse, Câlin, Crèche, Couche sale, Caca, Chaussons, Cœur d'artichaut, Chagrin, Cauchemar, Culpabiliser, Chantage, Chatouille, Casimir, Crayons de couleur, Canard, Caramel, Canaille, Copain, Corde à sauter, Cabane, Caramel, Clown, Cirque, Cache-cache, Cachette, Cadeaux, Camion de pompiers, Caboche, Casse-cou, Caractère, Cause toujours, tu m'intéresses !, Cartable, Cours préparatoire, Cantine, Chahut, Calcul mental, Chorale, Chamaillerie, Comédie !

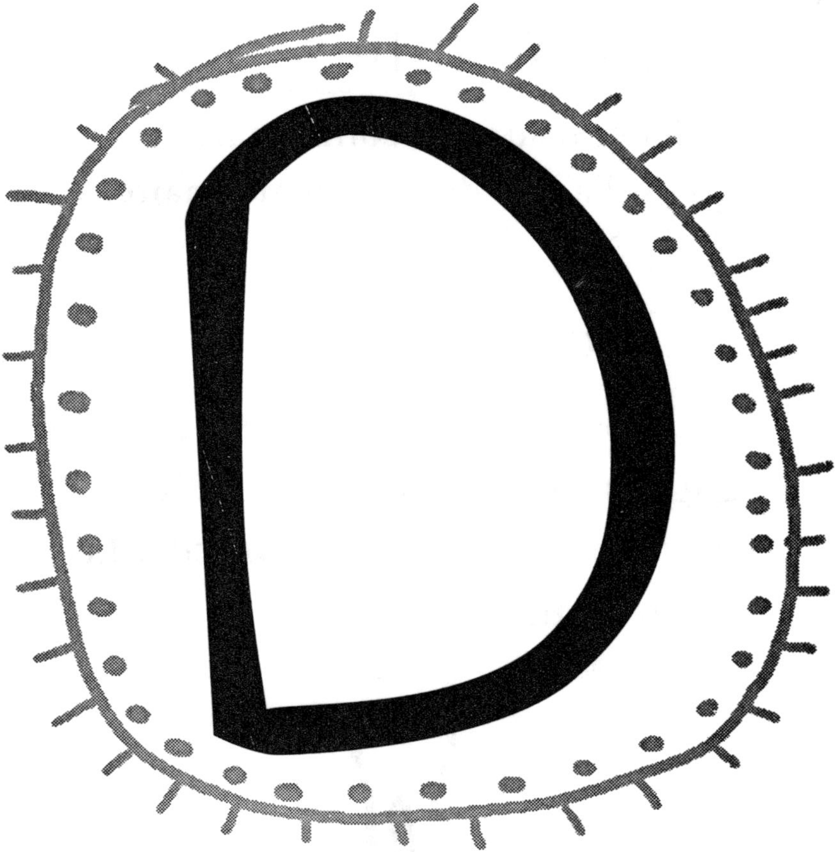
D

De Gaulle

« Général surtout connu parce qu'on l'a mis dans le dictionnaire. »

Mayline, 8 ans et demi.

Dent

« Ça permet aux enfants de gagner de l'argent alors qu'ils n'ont pas de travail... Grâce à la petite souris ! »

Vincent, 6 ans.

Dentelle

« Pétales sur le col des chemises des filles. »
Anne-Gaëlle, 5 ans et demi.

Désert

« Il n'y a pas d'arbres dans le désert, parce qu'on n'arrive pas à y faire pousser de l'eau. »
Idriss, 6 ans.

Développement

« Les pays sous-développés sont ceux qui n'ont pas le courage d'être riches. »
Killian, 7 ans.

Devoir conjugal

« Exercice à l'école destiné à l'apprentissage de l'art de la conjugaison. »

Noria, 8 ans.

Dictateur

« Monsieur capable de dicter plusieurs textes en même temps à sa secrétaire. »

Albertine, 6 ans et demi.

Dictature

« Pays où tout est interdit. Et ce qui ne l'est pas est obligatoire. »

Clotilde, 12 ans.

Dinosaures

« Animaux qui vivaient dans l'ancien temps, quand ma mémé est née. »
Jenna, 5 ans.

« Bêtes d'avant. »

Antoine, 6 ans.

Docteur

« Soigneur qui a un *télescope* pour écouter si on a un cœur. »
Valy, 6 ans.

Dolmens

« À l'époque, c'était des espèces d'arrêts de bus plantés tous les cent mètres. »
Marie-Éléonore, 8 ans et demi.

Dragueur

« Homme qui est *femme-nivore*. »
Amira, 12 ans.

Droit de veto

« Droit des docteurs des animaux de ne pas soigner les animaux trop malades. »
Jean, 9 ans.

Le Dictionnaire (Désordonné) de Papa

Douceur, Délicatement, Dodo, Doudou, Dorloter, Dent de lait, Dauphin, Dingo, Dessin pour toi, mon papa chéri, Dinosaure, Dalmatien, Déguisement, Dînette, Déguster une glace, Dégoûtant (pouah !), Diable (dans la peau), Délurée, Dégât, Déguerpir, Déculottée, Débarrasser la table (c'est pas mon tour !), Dispute (arrêtez !), Douter.

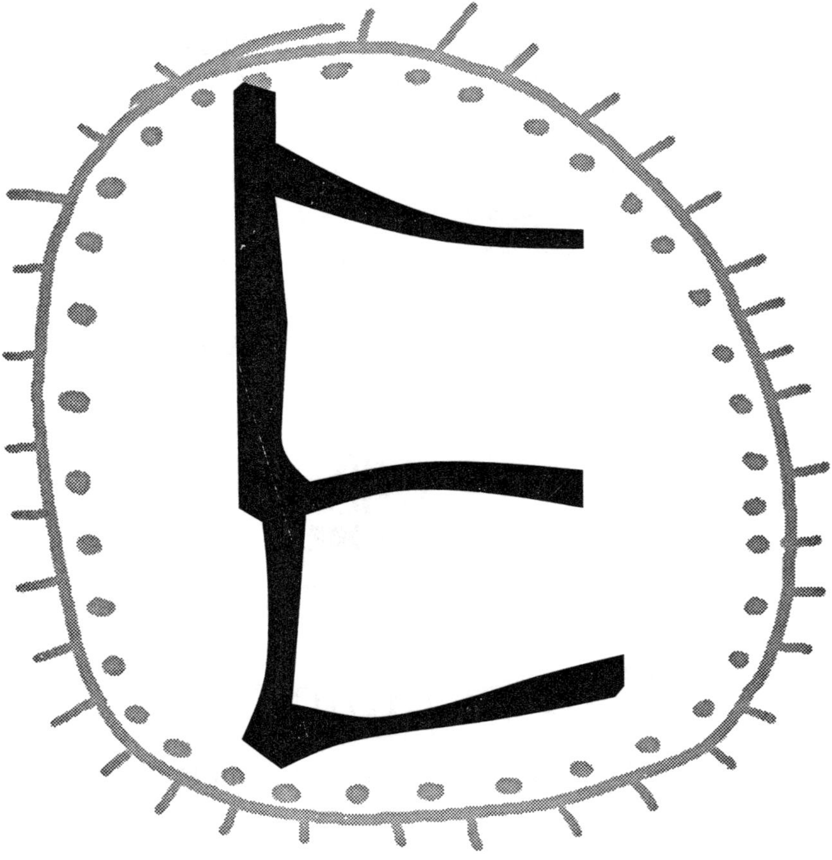

Eau de Cologne

« C'est du "sent-bon" allemand. »
Ineke, 5 ans.

Eau de mer

« Elle sert à remplir les océans. »
Romane, 6 ans.

Eau potable

« Liquide qu'on met dans un pot pour la boire. »
Manou, 6 ans.

Écaille

« Matière dans laquelle est fait le manteau du poisson. Si on le lui enlève, il a froid parce qu'il se l'*écaille*. »
Alessia, 7 ans.

Écho

« À la montagne, c'est un mot qui fait l'aller et le retour. »

Jame, 6 ans.

« Bruit, quand j'entends mon ombre ! »
Alvise, 6 ans et demi.

Écologie

« Politique pour faire pousser les fleurs et fabriquer plus de vélos. »

Amandine, 8 ans.

« Tout ce qu'il faut faire pour ne pas casser la Terre en mille morceaux. »

Paxti, 6 ans et demi.

Écriture

« C'est dessiner des mots et des phrases. »

Héléna, 5 ans.

Égoïste

« C'est quelqu'un qui ne pense jamais à moi. »

Lou, 6 ans et demi.

Égratignures

« Preuve qu'il y a un problème de la violence à l'école parce que les filles y griffent les garçons avec leurs ongles. »

Alessandro, 8 ans.

Égyptiens

« Quand ils voyaient la mort arriver, ils se déguisaient en momies pour ne pas se faire repérer. »

Clara, 6 ans.

Élastique

« C'est le mot le plus long ! »
Henri, 6 ans et demi.

Elvis Presley

« Chanteur des USA qui a chanté *L'ovni tender, l'ovni trou*. »
Gino, 10 ans.

Embrasser

« Bisou qu'il faut faire quand on est sûre que le garçon nous aime et qu'il ne veut pas nous tromper. Ça doit être un moment plein d'étoiles. »
Aritéa, 9 ans.

Énervement

« État dans lequel on est quand on a *le nerf de la fleur en pot*. »
Sani, 7 ans.

Enfer

« Paradis des pompiers car ils n'ont que des feux à y éteindre. »
Sylvain, 6 ans.

Éolienne

« Ventilateur pour que les vaches n'aient pas chaud quand elles mangent l'herbe dans les champs, l'été. »
Léonard, 6 ans.

« Ça aère l'air, l'été, quand il fait trop chaud. Mais c'est super-dangereux parce qu'il paraît que ça découpe les oiseaux. »

Zoubida, 6 ans et demi.

Épître

« C'est Momo, parce qu'il fait le guignol pendant le catéchisme. »

Jailyn, 9 ans.

Ère primaire

« Le CP et le CM2 en font partie. »

Anne, 7 ans.

Érotomane

« C'est comme ça qu'on appelle un obsédé sexuel en Turquie. »

Léa, 13 ans.

Escargot

« Limace qui a un sac à dos pour dormir dedans. Ou pour s'y cacher. »

Camille, 2 ans.

Éteindre

« *Délumer* la lumière. »

Marie-Charlotte, 5 ans.

Étoile

« Ce sont les fleurs du ciel. »

Agathe, 5 ans.

« Elles vivent la nuit parce qu'elles ont peur du soleil. »

Tim, 5 ans et demi.

« C'est quand le ciel a mis des paillettes. »
Marion, 4 ans.

Étranger

« Dans le monde, y a que la France qui ne soit pas un pays étranger. »
Hugues, 10 ans.

Examens

« Ils sont obligatoires pour le dépistage de l'ignorance. »
Aristide, 9 ans.

Extraterrestre

« Ce que Maman suspecterait d'avoir envahi la maison si elle voyait une créature enfantine ranger sa chambre ! »

Emma, 12 ans.

Le dictionnaire (Émouvant et Éclectique) de Papa

bébé Éprouvette, Échographie, Ébouriffé, Éclaboussure, Emmailloter, Épingle à nourrice, Émotions, s'Esclaffer, Effronterie, Énergie (il en faut beaucoup !), Épinards (tu seras fort, mon fils !), Embêter (son frère), Épuisant, École, Étoile (la première au ski), École buissonnière, Espérance.

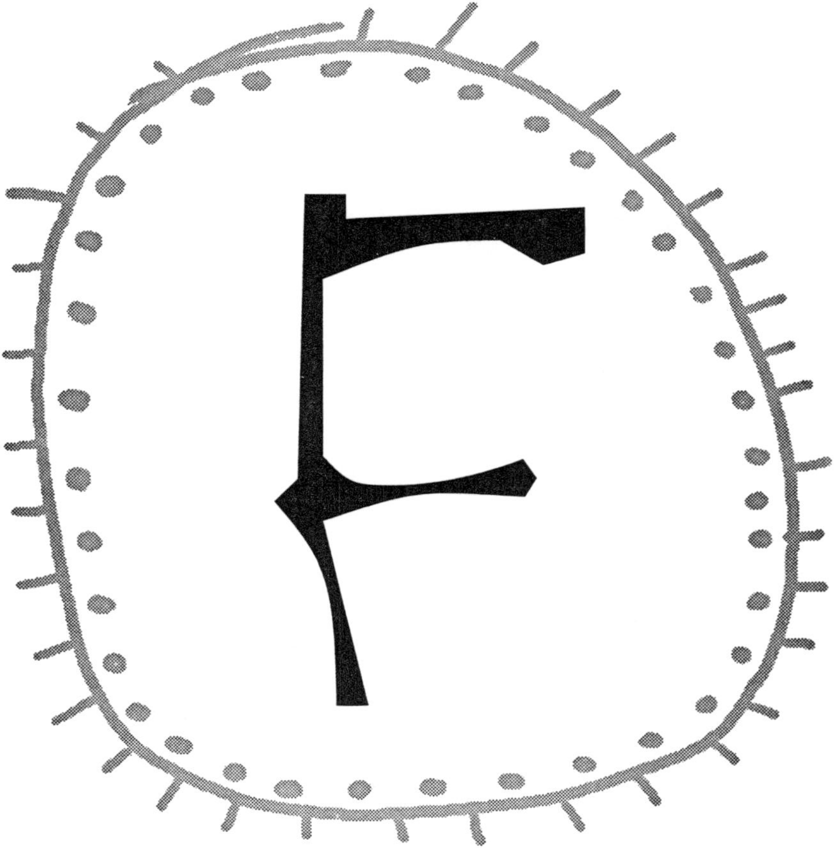
F

Fable

« Histoire que raconte mon grand frère de 15 ans quand il rentre le soir plus tard que prévu. »

Élodie, 8 ans.

Fainéant

« Celui qui dort tout le temps pour ne pas savoir qu'il ne fait rien. »

Antoine, 10 ans.

Fané

« C'est quand les fleurs ont pleuré tous leurs pétales. »

Aude, 6 ans.

Fantômes

« Ils existent ! Je les ai vus. Ils s'envolent du café au lait de mon papa. »
Ninette, 5 ans.

Fast-food

« Restaurant où les mamans adorent nous emmener parce que, après, elles n'ont pas la vaisselle à faire… »
Mathieu, 6 ans.

« ... Et les papas parce qu'ils n'ont pas à nous faire à manger. »
Léa, 6 ans.

Fatigue

« Pourquoi il faut toujours que ce soit moi qui aille me coucher tôt quand Maman dit qu'elle est crevée ? »
Fanfan, 6 ans et demi.

Fellation

« C'est le nom d'une pipe ! »
Louis, 12 ans.

Femme de ménage

« *Aspirateuse* qui nettoie ma chambre et range tout le bazar ! »
Amédée, 4 ans.

Fer à cheval

« Chaussure qui sert à porter bonheur aux chevaux quand ils marchent dans de la crotte à l'écurie. »
Annette, 7 ans.

Finistère

« Région où habite le ministre *de la Finance et des Économies*. »
Eva, 6 ans et demi.

Flamant rose

« Grand oiseau qui a cette couleur parce que c'est tous des filles. »

Baptiste, 6 ans.

Fleurette

« C'est pas une crème, c'est l'épée des mousquetaires ! »

Benjamin, 7 ans.

Football

« Sport que Maman a épousé en même temps que mon Papa. »

Léa, 8 ans et demi.

Forêt

« Pluriel du mot “arbre”. »

Océane, 5 ans.

Forêt vierge

« Forêt en Amazonie où la main de l’homme n’a jamais mis le pied. »

Karima, 9 ans.

Fossette

« Moi, j'ai des petites fesses au menton. »

Louis, 6 ans.

Fossile

« C'est comme des traces d'arêtes de poisson dans la pierre que les dames se collent sur les yeux. »

Mathis, 8 ans.

Fou

« Quelqu'un *dénudé* de raison. »

Hugo, 10 ans.

« Je crois que c'est un monsieur complètement ouf ! »

Enzo, 6 ans.

Foudre

« C'est ce qui te tombe sur la tête quand tu deviens amoureux d'une fille. »

Jason, 8 ans et demi.

Fourchette

« Cuillère avec des piques. »

Marie, 5 ans.

François Ier

« Roi dont le papa était François zéro. »
Nathan, 7 ans.

Frites

« Comme il avait envie de manger des frites avec son McDo, Parmentier a inventé la pomme de terre. »
Titouan, 7 ans et demi.

Futur

« C'est juste après. Pour le verbe "je bâille", c'est "je dors". »
Léa, 4 ans.

Le dictionnaire (Fou, Fou, Fou !) de Papa

Fierté d'être parents, Fée, jolies petites Fessounes, Fièvre, Fripouille, Fille = Fiancée de son papa, Fête avec des copains pour l'anniversaire, Fables de La Fontaine, Fissa !, Fou-fou, gros Filou, Frou frou, Fais pas ci, Fais pas ça !, Fais attention !, Filer droit, Fessée, Football, Fanfaron, Fermer la bouche (quand on mange), Fermer la bouche (pour avoir enfin un peu de silence), Fillette.

G

Galopin

« Enfant qui fait du cheval mais pas trop vite. »

Manou, 7 ans.

Gant de laine

« Petit pull pour la main. »

Tina, 4 ans et demi.

Garderie

« C'est fait pour les orphelins dont les parents travaillent tard le soir. »

Chloé, 6 ans.

Gaule

« À l'époque, c'était le nom de la France et le chef était Charles de Gaulle. »

Louis, 8 ans.

Gay

« Mot anglais pour dire *pédé-sexuel* ! »

Luigi, 8 ans.

Gazelle

« Animal qui gazouille en Afrique. »

Matteo, 6 ans.

Gémeaux

« Signe *extralogique* de mon papa et de mon père. »

Vincent, 8 ans.

Gendarme

« Monsieur qui donne des punitions aux voitures qui roulent vite. »

Sullivan, 6 ans.

Genèse

« Noé et son arche avec les animaux se sont échoués sur le mont *Arafat*. »

Zaïd, 5 ans.

Génétique

« Science qui, un jour, c'est sûr, arrivera à *clowner* les gens. »

Serena, 9 ans et demi.

Genou

« Partie du corps où se trouve le coude des jambes. »

Éthan, 7 ans.

Géométrie

« Théorie du dessin qui dit que le carré est une figure comme un rond mais avec des coins. »
Dylan, 9 ans et demi.

Girafe

« Animal qui a des grosses taches de rousseur partout. Même dans le cou. »
Cassandra, 6 ans.

« Animal des pays chauds qui a un grand cou pour ne pas sentir ses pieds. »
Célia, 8 ans.

Glace

« Dessert qui fond dans la bouche parce que la langue est chaude. »

Dylan, 7 ans.

« Pour pas qu'elle fonde avec le soleil, le marchand pique un petit parasol dedans. Et en plus, ça fait joli ! »

Sarah, 7 ans.

Gland

« Conducteur qui n'avance pas. En tout cas, c'est ce que dit mon papa quand il est obligé de rouler derrière une voiture qui va pas vite ! »
Valentin, 8 ans et demi.

Google

« Moi, je sais que c'est un grand écrivain russe du siècle dernier. »
Adrien, 12 ans.

Goya

« Peintre dont j'ai tous les disques. »
Zoé, 7 ans.

Goy friend

« C'est le petit copain de ma sœur Sarah. »

Moshe, 8 ans.

Grand

« C'est l'âge où, au square, on peut enfin commander aux petits d'aller chercher le ballon. »

Laurence, 7 ans.

Grand-mère

« Elles enlèvent jamais leurs lunettes sauf pour dormir. C'est pareil pour les dents. »
Margaux, 6 ans.

Grand-père

« C'est le seul adulte qui a le temps. »
Louise, 6 ans.

« Le problème, c'est qu'ils meurent plus souvent que nous. »
Baptiste, 8 ans et demi.

Gratuité

« C'est quand on achète une chose pour zéro euro. »
Vincent, 8 ans.

Grossesse

« Pour savoir si tout se passe bien dans le ventre de la maman, on fait une *chorégraphie*. »
Mazarine, 7 ans.

Gros ventre

« C'est la maladie des enfants du Darfour. »

Anne, 9 ans.

Guerre

« Celle de Cent ans a duré de 1337 à 1453. »

Meissa, 10 ans.

« En 14-18, c'était la drôle de guerre. Pourtant, elle a fait pleurer les familles de tous ceux qui sont morts à la bagarre. »
Louis, 7 ans.

Le dictionnaire (Généreux) de Papa

Galbe nouveau de la future Maman, Gènes, Gynécologue, Sophie la Girafe, ce sont des Garçons !, Gaga (dans la seconde), Gâtés par Papy et Mamie (plus que nous l'avons été), Gamberger, quelle Galère ! (parfois), Garnement, Gadgets (ils adorent), Gambader, accord Grammatical, Géométrie, Gymnastique, Goûter, Grenadine, Grignoter, Grosse Glace, Gaufre (avec de la chantilly), se Goinfrer, Gâteau d'anniversaire, Galette des rois, Gesticulations, Gare !, Gifle (en dernier recours), Gueulante (voir Papa !), Grandir (trop vite).

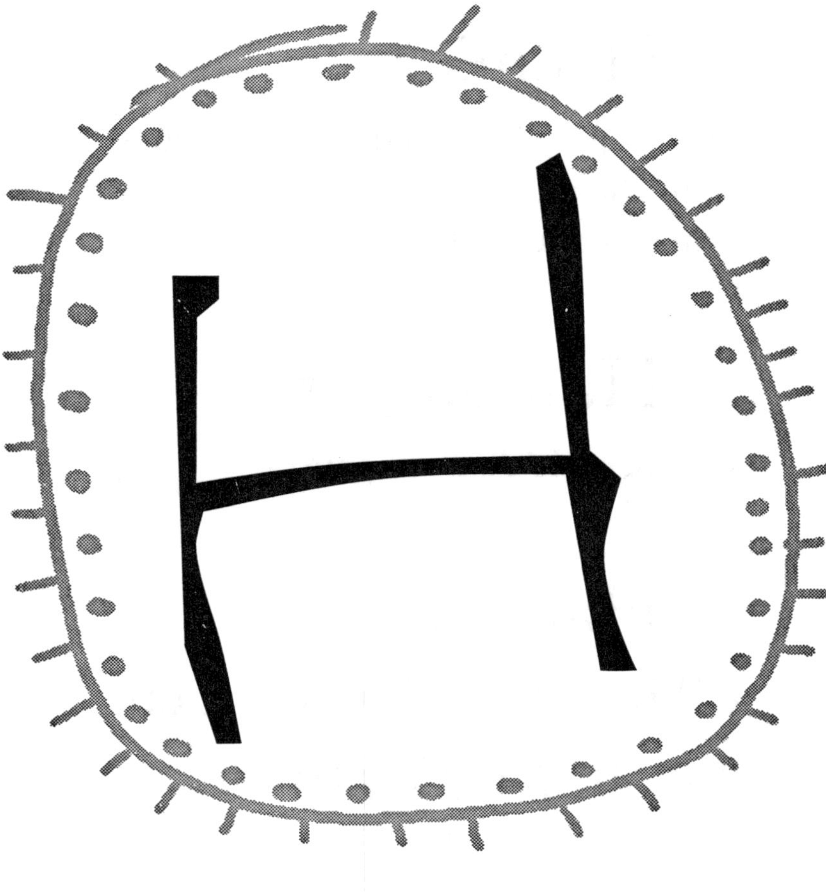
H

Hachée

« C'est quand la viande est en miettes et qu'elle est recollée pour qu'on puisse la manger au McDo. »

Erwan, 6 ans.

Hamburger

« Steak *caché* dans un pain. »

Florian, 5 ans et demi.

Hamlet

« Titre d'un livre écrit en anglais par *J'expire*. »

Élisabeth, 9 ans et demi.

Hamster

« Animal de compagnie né à Amsterdam. »

Marc, 6 ans.

Hanneton

« Petit de l'âne. »

Éléonore, 4 ans et demi.

Hardware

« Partie de l'ordinateur qui reçoit les coups quand le logiciel est planté. »

Thibault, 10 ans.

Haschisch

« Drogue interdite à l'école sauf dans la salle des professeurs. »

Hicham, 13 ans et demi.

Hemingway

« Écrivain qui s'est suicidé en buvant pour mettre fin à ses jours. »

Clémence, 12 ans.

Hémisphère

« Partie du cerveau. Il y a deux hémisphères, l'un pour surveiller l'autre. »

Blandine, 9 ans.

Hérisson

« Rongeur de la famille des piquants. »

Jordan, 7 ans.

Hésitation

« Espèce de retard avant de dire une bêtise. »

Corentin, 10 ans.

Hippocampe

« Cheval qui fait de la plongée sous-marine. »
Chloé, 5 ans et demi.

Histoire de France

« L'édit de Nantes est une femme qui a été anoblie par le roi de France, alors que Lady Di l'a été par la reine d'Angleterre. »
Titouan, 8 ans et demi.

Hitler

« Dictateur qui a voulu créer la race des *acariens*. »

Nassir, 9 ans.

Hitlérisme

« Jean Moulin fut victime de la *Barbie* nazie à Lyon. »

Léa, 11 ans.

Hollywood

« Ville d'Amérique où vivent les stars des films. Comme *Bras de Pite*. »

Malika, 7 ans.

Homicide

« C'est quand un Américain tue quelqu'un dans une série télé jusqu'à ce qu'il soit mort ! »

Roland, 8 ans.

Hoquet

« Mot répété rapidement plusieurs fois de suite par les acteurs de films américains pour dire qu'ils sont d'accord. »

Ghislain, 8 ans.

Huns

« Guerriers sauvages appelés comme ça parce qu'ils ont été les premiers barbares de l'histoire. »

Vivien, 10 ans.

Hydravion

« Avion qui vit sur une rivière mais qui vole dans le ciel. »

Ysabelle, 9 ans.

Le dictionnaire (Halluciné) de Papa

Hochet, Heureux, Harmonie, Histoire à raconter tous les soirs, Hirsute (ah, les réveils nocturnes à cause des cauchemars !), Habille-toi !, Habit de clown, Hardiesse, Harnais (sinon, ça cavale partout !), Hum ! Heu ! Hep ! Ho !, Héréditaire, Héros (Papa), Hérisson, Hibou, Hippopotame, Homéopathie, Hôpital, Humeur, Hyperactif, Hurler.

i

Impatience

« C'est quand on se dépêche d'attendre. »
Virginie, 8 ans.

Impôt

« C'est de l'argent que mes parents donnent au président de la République pour qu'il ait pas besoin de travailler pour gagner sa vie. »
J.-P., 7 ans.

Incendie

« Feu que combattent les *sans peur-pompiers*. »

Enzo, 5 ans.

Ingrat

« C'est l'âge où on est bête parce qu'on rigole en disant qu'on préfère dire un *nain gros* plutôt qu'un *ingrat* ! »
Renan, 13 ans.

Interdiction

« Cela touche exprès tout ce que les enfants ont envie de faire. »
Boris, 7 ans.

Interdiction de séjour

« C'est quand Papa et Maman n'ont pas le droit de nous embêter quand on regarde notre dessin animé préféré à la télé dans le salon. »
Laurence, 8 ans.

Internet

« Sorte de Minitel qu'on trouve partout sur le *blog* terrestre. »
Louis, 9 ans.

Interrogation

« C'est la même chose qu'une question, mais c'est plus difficile de répondre. Par exemple : quand la neige fond, où va le blanc ? »
Clémence, 11 ans.

Le dictionnaire (Inventif) de Papa

Infortune, Impatience, Implantation d'embryons, Incertitude, Ivresse, Idolâtrie, Irritation des petites fesses, maladie Infantile, Infection, Initiation à la vie de parents, Inquiétude (souvent), Interrogations (sans cesse), Inculquer les bonnes manières, Interdire, Insouciance, Idiotie, Imbécillité, Incorrigible, Insupportable, Impertinence mais Intelligence, Imagination, Intensité, Inséparables !

J

Jeanne d'Arc

« Elle s'appelait "la pucelle", parce qu'elle avait plein de puces partout dans son armure. »

Vincent, 6 ans.

Jésus

« Il est né à la crèche parce que Marie et Joseph travaillaient toute la journée. »

Déborah, 6 ans et demi.

« Il est né en zéro et c'est grâce à lui que le temps a commencé. »
Isoline, 5 ans et demi.

« Star de la religion car il est connu dans le monde entier. »
Fatou, 7 ans.

« Fils à papa. »
Aliette, 7 ans.

Joconde

« Nom de la Dame peinte par Léonard de *Vincennes*. »

Déborah, 8 ans et demi.

Jouets

« Au début, c'est bien. Mais après, ça fait que du désordre dans la chambre. »

Karim, 7 ans.

Jumeau

« Enfant photocopié. »

Vincent, 9 ans.

Jument

« Dame du cheval dont les petits bébés s'appellent des jumeaux. »

Grégoire, 6 ans et demi.

Jupe

« Pantalon des filles. »

Louise, 5 ans.

Justice

« C'est comme la vengeance, sauf qu'on a le droit. »

Éliette, 10 ans.

Le dictionnaire (Jubilatoire) de Papa

Jumeaux, Jour (un lundi), Janvier (le 17), Joie, petites Joues roses, Joaillerie !, Joliesse, Joufflu, Jargon, papy Jacques, Jacques-a-dit, Jardin d'enfants, Jouer, Joujou, coffre à Jouets, petit Judoka (Louis).

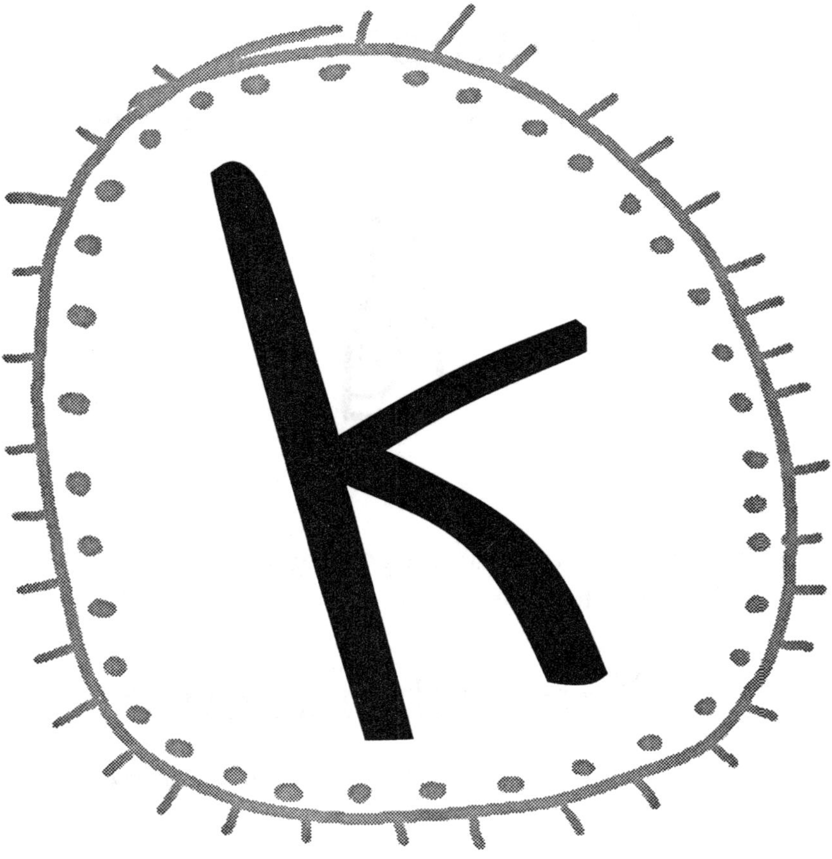
k

Ketchup

« Sauce tomate pour – dit ma maman – ruiner le plat qu'elle a mis des heures à cuisiner. »
Aaron, 6 ans.

Kiki

« Tuyau d'arrosage des petits garçons. »
Emmanuelle, 5 ans et demi.

Kinésithérapeute

« *Massageur* qui fait des caresses qui soignent. »
Amine, 8 ans.

K-Way

« C'est pas poli de dire *K-Ouais*. Il faut dire *K-Oui*. »
Tasha, 6 ans.

Le dictionnaire (Kaléidoscopique) de Papa

Kilos (2,5 et 2,9 à 7 mois et 27 jours, 26 de plus pour la maman enceinte), Kikis (deux d'un coup !), Kangourou, Kleenex, Kaki (comme tonton Marc qui est soldat), Kayak, Kimono, Karting, Kermesse, Ketchup (mets ta serviette autour du cou !).

L

Lacet

« C'est comme les scratchs, mais en beaucoup plus difficile. »
Chrystel, 7 ans.

Lâche

« Celui qui pense avec ses jambes quand ça craint. »
Antoine, 11 ans et demi.

Lapin

« Animal qui a toujours envie de faire l'amour. Sa femme s'appelle la levrette. »
Philippe, 10 ans.

Larme

« C'est l'eau des yeux quand on pleure. »
Any, 4 ans.

« Jus de peine. »

Mustapha, 6 ans.

Latin

« La formule la plus connue est : "Je suis venu, j'ai vu, je suis reparti !" »

Tanguy, 11 ans.

Licorne

« Chapeau d'étudiant de mon papa quand il a fait *polyclinique*. »
Hubert, 7 ans.

Liquide amniotique

« Eau du ventre des mamans où les bébés ne se noient pas – même sans bouée. »
Clémence, 5 ans.

Lit

« Comme dit ma maman, chose que les enfants sont incapables de faire tout seuls. »
Frédéric, 7 ans.

Livreur

« C'est le marchand qui vend les livres. »
Thomas, 8 ans.

Losange

« Carré tordu en biais. »

Avril, 7 ans et demi.

Loto

« Grâce à ce jeu, on peut réaliser ses rêves si on gagne le *grelot*. »
Thimotée, 8 ans.

Lune

« Soleil de la nuit. »

Alban, 6 ans.

« Planète qui fait le tour de tous les pays pour éteindre le soleil. »

Raïmi, 8 ans.

« Endroit où habite le père Noël. »

Sambou, 5 ans et demi.

Lunettes

« C'est obligatoire dès qu'on devient vieux. Comme les cheveux blancs. »

Mame Penda, 7 ans.

Le dictionnaire (Ludique) de Papa

Laboratoire, Lentement, Libellule, Langouste, Layette, Laitage, Lessives (on ne les compte plus), Lave-vaisselle (indispensable), Lève-toi, c'est l'heure de l'école !, Laïcité, Lecture, Langue natale, Limites (à fixer), Lascar, Lave-toi les mains !, fais tes Lacets !, Lutin, Légende du père Noël, Larmes, Le roi Lion, Léon de Bruxelles (à cause de la salle de jeux), Louis (mon fils).

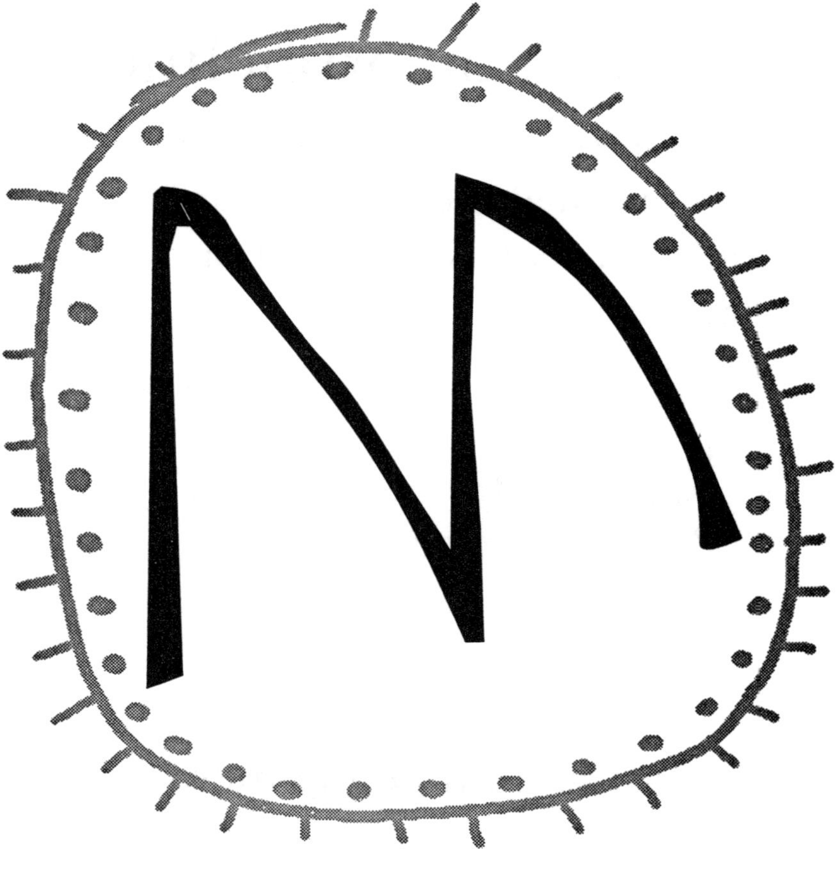
M

Maladie orpheline

« C'est triste. D'abord parce que c'est une maladie. Ensuite parce qu'elle a perdu son papa et sa maman. »

Rihanna, 8 ans.

Mâle

« Papa, en langage animal. »

Élie, 9 ans.

Maman

« C'est le nom de ma mère. »

Christopher, 5 ans.

Mamaaaaaaaaannn !

« Cri d'un enfant qui ne sait pas quoi dire d'autre pour obtenir ce qu'il veut. »
Flavie, 11 ans et demi.

Mamie

« C'est une maman qui a pris sa retraite. »
Morgane, 5 ans.

« Femme qui n'a pas d'enfants. C'est pour cela qu'elle aime les enfants des autres. »
Maxence, 7 ans.

Marcel

« Prénom du tee-shirt. »

Flora, 4 ans et demi.

Mariage

« C'est quand deux grandes personnes se mettent ensemble pour supporter des choses qu'elles ne veulent plus supporter toutes seules. Comme descendre toujours la poubelle. »

Constance, 9 ans.

« Cérémonie où la dame dit qu'elle sera fidèle alors qu'elle rentre dans l'église au bras d'un vieux monsieur et qu'elle en ressort avec un jeune ! »

Mathis, 11 ans.

Mégot

« Cigarette qui a fini de donner son cancer. »

Charles, 6 ans et demi.

Mémé

« C'est comme une mamie mais en plus vieux encore. »

Anne-Lise, 8 ans.

Mendiant

« Monsieur qui demande des sous pour manger alors que les pièces, ça se mange pas. »

Yassine, 5 ans et demi.

Ménopause

« Chez une femme, c'est la date limite de ventre ! »

Joyce, 12 ans.

Mensonge

« C'est juste une grosse exagération. »

Grégoire, 9 ans.

M-E-R-C-I

« Au McDo, c'est comme ça qu'ils ont traduit "poubelle". La preuve, c'est écrit dessus ! »

Malory, 7 ans.

Mercredi

« Jour férié en souvenir des enfants morts pour l'école. »
Joshua, 6 ans et demi.

Métis

« Mélange entre la race blanche et la race noire : comme pour le zèbre ! »
Maeylis, 5 ans.

Miaulement

« Aboiement du chat. »

Jutta, 5 ans.

Ministre de l'Intérieur

« Au gouvernement, c'est celui qui s'occupe de toute la déco. »

Olivia, 7 ans.

Miroir

« Tableau qui sert à savoir si on est belle. »

Samantha, 8 ans.

« Il sert à la grosse chanteuse qui est mariée à Tintin à se voir quand elle meurt à force de chanter faux ! »

Gauthier, 6 ans et demi.

Momification

« C'est quand les Égyptiens vident le corps du mort et lui mettent du sparadrap tout autour pour qu'il tienne quand même. »
Vivienne, 10 ans.

Montaigne

« Écrivain qui, toute sa vie, a voulu écrire des livres mais n'a fait que des essais. »
Rachid, 13 ans.

Mort

« Période de la vie où on est périmé. »
Élodie, 6 ans.

« Moment qui dure toute la vie. Celle d'après. »

Anne, 8 ans et demi.

Moteur

« Monsieur qui fabrique les mots du dictionnaire. »

Tasha, 8 ans.

Mouchoir

« Bébé fantôme. »

Louis, 5 ans.

Moulin Rouge

« Titre d'un film sur la vie du *Toulousain* Lautrec. »
Ninon, 10 ans.

Moustique

« Petit vampire volant qui boit le sang des enfants l'été. Pour se protéger, il faut mettre de l'*infecticide* »
Isa, 6 ans et demi.

Moutarde

« Sauce qui pique tellement fort qu'il faut pas la respirer par le nez sinon on devient en colère... »
Lysandre, 7 ans.

Mozart

« Artiste qui a fait beaucoup de musique de messes pour les enterrements et c'est pour ça que les morts l'aiment bien. »
Patou, 11 ans.

Muraille

« Nom du mur quand il est construit par des Chinois. »
Louis, 9 ans.

Muscle

« Celui qu'on gonfle pour impressionner les filles est le *bisexe*. »
Louis, 8 ans et demi.

Le dictionnaire (Merveilleux mais Mouvementé) de Papa

Mariage, Maternité, Mâle, Miniature, Merveille, Malformation, Maladie infantile, Mélodie, Mamelon, Mamie Reine, Mémé, de belles Mirettes, Malice, Maisonnée, Ménage, Matin difficile, Médecin, Miam-Miam, petit Malin, en Mouvement (toujours !), Minute papillon !, Motus !, Mouche-toi !, McDo, Merci qui ?, sale Môme, petit Monstre, Mansuétude, Mercredi après-midi, Magasin de jouets, Magicien, Minette, Miroir, Mensonge, Méchanceté, se Moquer, Mauviette, Maîtresse, Mamaaan !

N

Naissance

« Les enfants naissent souvent en bas âge. »
Hariette, 8 ans et demi.

Napoléon

« Chef de la France de l'ancien temps qui est mort guillotiné. Comme Bonaparte ! »
Andreï, 9 ans.

Narcissisme

« C'est quand ma copine m'énerve en disant qu'elle est la plus belle des meilleures ! »
Zora, 10 ans.

Narine

« Partie de la tête remplie de crottes de nez. Il y a aussi du rhume dedans. »

Lolo, 7 ans.

Nazi

« Méchant qui voulait créer une nouvelle race qui serait au-dessus des autres : la race *aérienne*. »

Paulin, 10 ans.

Neige

« Temps qu'il fait quand du yaourt tombe du ciel. »

Angela, 4 ans.

« La neige, c'est la lune qui fond. »

Flore, 4 ans.

« C'est quand il tombe de la pluie blanche. »

Ségolène, 5 ans.

Nez

« Repose-lunettes. »

Fanny, 4 ans.

Noix de coco

« Ce sont les boules des *coquetiers*. »

Léa, 5 ans.

Non

« Mot préféré des parents. »

Florian, 8 ans.

Nuages

« Barbes à papa géantes dans le ciel. »
Stéph', 6 ans.

« Les plus dangereux avec de la grêle et de la pluie dedans sont les *cunnilingus*. »
Aristide, 9 ans et demi.

Nymphomane

« C'est une femme qui a envie de faire l'amour aussi souvent que les hommes. »
Édouard, 12 ans et demi.

Le dictionnaire (Naïf) de Papa

Nuptial, Nauséeuse, Nés en 2000, service de Néonatalogie, Nouveau-Né, gros Nain, bébé Nageur, tout Nu, Nourrice, Naïveté, Nigaud, Nettoyer, Non-stop, Nounours, Niche (pour le chien dont ils promettent toujours de s'occuper...), Nerveux, père Noël (tout faire pour qu'ils y croient le plus longtemps possible), Négociation pour tout, N'y reviens pas, Non c'est Non !

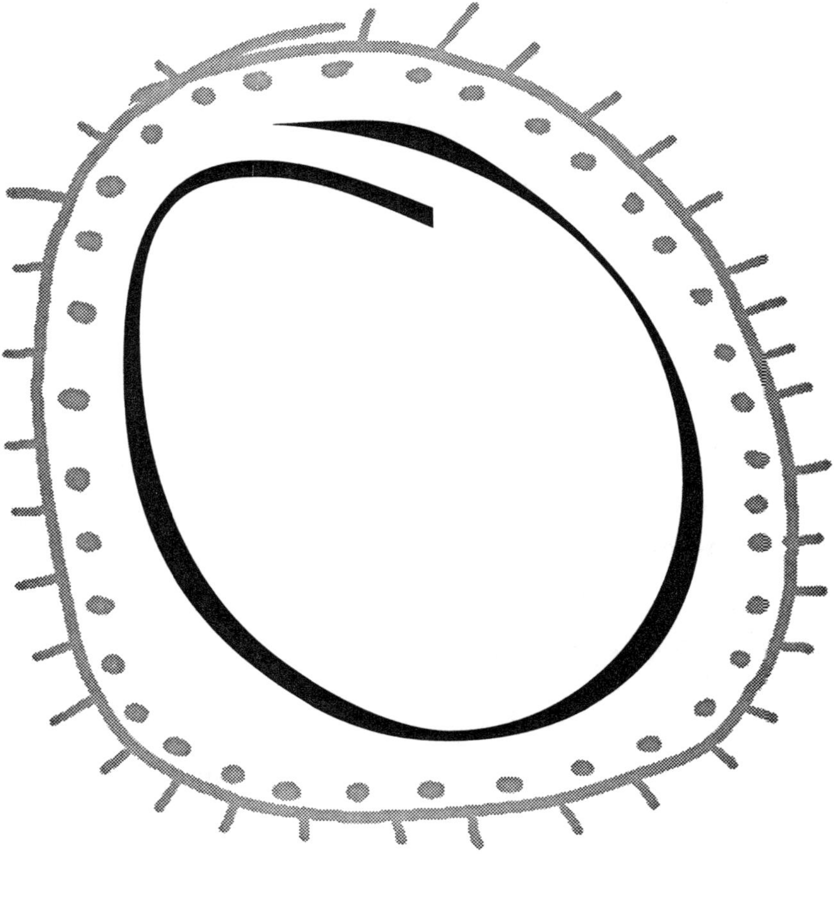

Occupation

« Période pendant la deuxième guerre *générale* où les papys faisaient de la *résidence*. »

Mélanie, 8 ans.

Ombre

« Dessin que fait le soleil comme s'il avait un crayon noir pour nous dessiner par terre. »

Nassim, 7 ans.

Ongles

« C'est ce que les garçons ont au bout des doigts. Les filles, elles, ont des griffes. »

Adrien, 7 ans.

Ordinateur

« Il peut faire plus de calculs que le cerveau de l'homme car, lui, il n'a que ça à faire. »

Théo, 7 ans.

Oreille

« Organe qu'on a en double pour plus de sécurité. Une pour écouter et l'autre pour entendre. »

Rachida, 8 ans et demi.

« C'est par là que les leçons doivent sortir de ma tête quand je dois les réciter et que je ne m'en rappelle plus ! »
Vincent, 9 ans.

Origine étrangère

« C'est quand un enfant est moitié vietnamien, moitié anglais, moitié français. »
Tran Thi, 9 ans.

Ovale

« Cercle presque rond mais quand même pas complètement. »
Élisa, 8 ans.

Le dictionnaire (Original) de Papa

Ovulation, Œuf, Oisillon, Optimisme, Opérer, cordon Ombilical, Orgueil (d'être papa), Objet de curiosité, Oh qu'il est mignon !, Ouate, Oreiller, Onomatopées, Odeur, Ouh là là !, Où sont les couches ?, Ourson, Ouistiti, Osmose, sirop d'Orgeat, Obéissance, Ouille !, Otite, Ophtalmo, Opticien, Orthophoniste, Orthodontiste, Opercule (tu veux de l'aide ?), Ongles à tenir coupés (règlement de l'école), Ordinateur (pas trop longtemps), Oisiveté (devenue impossible), Oust !

P

Palais

« C'est le plafond de ma bouche. »

Élodie, 6 ans.

Panier à linge sale

« Panier en osier entouré des affaires salies. Et ça énerve Maman. »

Alix, 7 ans et demi.

Paniqué

« C'est l'état où se trouve ma grande sœur quand elle a peur de ne plus avoir de p'tit copain ! »
Renaud, 12 ans et demi.

Pansement

« La *bande vieille peau* sert à protéger le bobo. »
Ambroise, 6 ans et demi.

Pantoufles

« Chaussures que les princesses mettent pour aller danser avec les princes charmants juste avant d'aller se coucher tard ! »
Cynthia, 7 ans.

Papa

« Homme qui a été inventé pour aimer les mamans. »

Alexandra, 5 ans

« C'est celui à qui je veux ressembler quand je serai grand. Mais avec des muscles ! »

Tanguy, 6 ans et demi

Papillon

« Petit-fils d'un pape. »

Armand, 6 ans.

Papyrus

« Vieux monsieur qui habite dans le froid à Moscou. »

Idriss, 8 ans.

Pâques

« C'est quand Jésus est mort et qu'après, il est *recyclé*. »

Marion, 5 ans trois quarts !

Parce que

« Explication qu'on donne aux parents quand on ne sait plus quoi leur raconter pour qu'ils nous croient. »

Léonie, 7 ans.

Parce que je te le dis !

« Raison suffisante, selon Maman. »

Franck, 9 ans et demi.

Parents

« Deux personnes qui apprennent à un enfant à marcher et à parler, pour ensuite lui dire de s'asseoir et de se taire. »

Adrien, 12 ans.

Paresse

« Habitude de se reposer pour ne pas être fatigué. »

Océane, 10 ans.

Patinoire

« N'importe quoi parce que la glace est blanche ! »

Corentin, 6 ans.

Pauvres

« C'est comme les SDF mais sans les initiales. »

Sissi, 6 ans

Paysans

« Habitants de la province. »

Ibrahima, 9 ans.

Pays-Bas

« Je comprends pas pourquoi ils s'appellent comme ça parce qu'ils sont en haut sur la carte de l'Europe. »

Daniel, 8 ans.

Peau

« Elle sert à garder les os ensemble. »

Fabrice, 5 ans.

Peintre

« Le plus célèbre est le *homard* de Vinci. »

Tiana, 8 ans.

Pélican

« Oiseau qui a une épuisette intégrée. »

Juliette, 6 ans.

Pendule

« J'arrive pas à savoir l'heure parce que l'aiguille bouge tout le temps. »

Vicente, 6 ans et demi.

Pénis

« C'est comme un pistolet à pipi. »

Mélissandre, 6 ans.

Perpendiculaire

« Ligne droite qui se met à tourner tout d'un coup. »

Bixente, 8 ans.

Personnage historique

« *Pétain* le Bref a été un roi de la France. »

Loana, 9 ans.

Péter

« Mot qui fait rigoler. »

Édouard, 8 ans.

« Jouer de la trompette avec ses fesses. »
Morgane, 7 ans et demi.

« Éternuer dans son slip. »
Thibault, 6 ans.

« Faire de la fumée dans sa culotte. »
Meryl, 7 ans.

« Ça avertit que le caca arrive. »
Éloïse, 5 ans et demi.

Pharaon

« Il écrivait sur des *papiers* russes. »
Louis, 7 ans.

« Le plus connu est *Tonton Kamon*. »
Nicolas, 8 ans.

Philosophie

« C'est quand c'est trop difficile de répondre à une question très simple. Par exemple : ça sert à quoi d'exister ? »
Raphaël, 13 ans.

Photomaton

« Ta photo avec une tête de prisonnier ! »
Calyssa, 9 ans.

Pieuvre

« Animal qui attrape sa proie avec ses grandes *testicules*. »
Sassan, 8 ans et demi.

Pingouins

« Phoques qui vivent confortablement sur la *banquette* du pôle Nord. »
Zoé, 4 ans.

Ping-pong

« Tennis des pauvres qui ne peuvent acheter qu'un petit terrain pour jouer. »
Amédée, 7 ans

Piscine

« Y paraît que c'est ce à quoi ressemble la salle de bains après le bain de ma sœur et moi. »
César, 7 ans et demi.

Pluie

« S'il pleut, c'est parce que les nuages pleurent. »
Titi, 5 ans et demi.

« Ça permet de nettoyer la nature. Après, les arbres sont tout propres. »
Florian, 6 ans.

Plumage

« Tee-shirt des oiseaux. »

Ludivine, 5 ans.

Poésie

« Manière de s'écrire quand on est très amoureux. »

Manou, 7 ans.

Poissons

« Les poissons ont des arêtes pour pouvoir s'arrêter de nager quand ils veulent. Et quand ils meurent, on les enterre dans l'eau. »

Julian, 6 ans.

Poivre

« C'est du sel qui pique. »
Grégory, 6 ans et demi.

Pôle Nord

« C'est en haut et recouvert d'une *capote* glaciaire pour avoir moins froid. »
Sid, 8 ans.

Policier

« Homme qui donne une *conversation* quand on est mal garé. »
Anoushé, 6 ans.

Politesse

« Manière de choisir ses mots pour ne pas se faire disputer. Par exemple, dire “trou des fesses” plutôt que “trou du”... »
Louis, 9 ans.

Pompiers

« En plus court, ça s’écrit avec deux chiffres : 1 et 8 . »
Franck, 7 ans.

Ponctuation

« Le point sert à terminer une phrase quand on en a marre... »
Germain, 8 ans.

Porc

« C'est le nom du cochon quand il est dégueulasse. »
Perrine, 6 ans.

Porte-parole

« Monsieur de la politique qui parle à la place d'un autre qui trouve que c'est trop lourd à porter. Mais comment il fait quand il a mal à la gorge ? »
Luc, 9 ans.

Portier

« C'est le gros monsieur qui fait l'ouvre-boîte à la disco où va ma grande sœur tous les samedi soirs. »
Bérengère, 10 ans.

Pot

« WC pour les bébés. »
Ninon, 6 ans.

Poule

« Animal qui pond des œufs sur le plat. »
Manon, 4 ans.

« Femme de *l'œuf coq*. »
Mélusine, 5 ans et demi.

Président de la République

« C'est le chef de la France et il s'appelle saint Nicolas Sarkozy ! »
Ida, 8 ans et demi.

Prêt-à-porter

« Spécialité des commerçants de *confection* juive. »
David, 9 ans et demi.

Préservatif

« Poche qui permet de garder les bébés qu'on veut pas. »
Jules, 8 ans.

« Petit sac en plastique qui sert à empêcher les graines des garçons d'aller se planter dans le ventre des filles. »
Jean-Baptiste, 7 ans.

Prêtre

« Sorte de vampire car il boit du sang tous les dimanches et veut qu'on fasse pareil. »
Alexis, 7 ans.

Prévenu

« Prisonnier qu'on a mis au courant qu'il avait perdu au tribunal. »
Valentine, 12 ans.

Printemps

« Saison quand la neige fond et qu'elle repousse en gazon. »

Jame, 5 ans.

Prison

« Immeuble pareil que nous dans la cité. Sauf qu'ils sont enfermés. »

Nasser, 10 ans.

Prisonnier

« C'est un voleur qui a eu la malchance de se faire prendre. »

Véro, 9 ans.

Prix littéraire

« Les écrivains français sont les plus forts parce qu'ils gagnent souvent le prix Goncourt. »

Ninon, 12 ans.

Prof

« C'est comme un professeur mais en plus court. »

Hervé, 6 ans et demi.

Profession

« C'est le métier qu'on fera quand on sera grand : sirène, fée ou princesse. »

Lorie, 5 ans.

Propreté

« Saleté qui sent bon parce qu'elle a été lavée. »

Ella, 7 ans.

Proverbe

« Formule qu'on dit pour montrer qu'on est sûr de ce qu'on dit. Par exemple, moi, je dis toujours : "Rira bien qui rigolera vers la fin". »

Jamel, 10 ans.

« La pie ne fait pas le moineau. »

Rachid, 8 ans et demi.

Le dictionnaire (Passionné et Perturbé) de Papa

Persévérer, Prématurés, Paternité, P'tit bout, Pèse-bébé, Prénoms (Louis et Vincent), Pouponner, Paumé (au début), Pédiatre, Peluche, Pipi-caca, Polisson, quel Phénomène ! (exclamation favorite des grand-mères), Première dent, Parent (le plus dur des métiers), Papotage (à la sortie de l'école), Premier mot, Premiers Pas, Pointure (mesure du temps qui passe), Pâtes (Plat à cuisiner préféré des Papas), Politesse, Perfection (notre ambition pour eux), Patinette, Pédaler, Pelle et seau, Plainte, Pas sage, espèces de Pirates, Pleurnicher, Pénible !, Pardonner, Passionnante expérience, Papaaa !

Q

Q

« Lettre que je préfère avec mes copains parce qu'on dit un gros mot sans que les parents puissent nous gronder. »
Vincent, 7 ans et demi.

Quartier de lune

« Morceau de lune quand la nuit a mangé le reste. »
Éléonore, 5 ans et demi.

Quiche !

« C'est quelqu'un qui roule pas assez vite devant mon papa. »
Édouard, 6 ans.

Le dictionnaire (de Qualité) de Papa

Quadragénaire (mieux vaut tard que jamais), Quadruplés (bon courage !), boules Quiès, Quenotte (début de la fortune), Questionnement (dis, pourquoi... ?), Quatre-huit (rythme parental !), Quémander un bonbon (souvent), Quatre-quart pour le Quatre-heures, jeux de Quilles, Querelles de square, Qui-vive (en permanence), Quiétude (un jour peut-être).

R

Raccourci

« Chemin le plus court pour aller loin le plus vite possible. »

Anne, 9 ans.

Racisme

« J'aurais pas aimé naître étranger. »

Miguel, 8 ans.

Radin

« C'est celui qui fait des comptes d'*hypothécaire* pour payer le moins cher au restaurant. »

Patrick, 10 ans.

Ramoneur

« C'est l'homme qui rame sur le bateau de la galère. »

Samantha, 6 ans.

Rap

« Chanson qui se chante en casquette avec le devant derrière. »

Gatien, 7 ans.

Raphaël

« Artiste qui a peint les *frasques* du Vatican. »

Corentin, 9 ans.

Ras-le-bol

« C'est quand ch'uis fatiguée et qu'j'en ai *marre dessus la tête*. »

Fleur, 5 ans.

Rasta

« Coiffure où les cheveux sont en tricot. »

James, 7 ans et demi.

Réfléchir

« Penser à l'intérieur de sa tête. »

Lysianne, 6 ans et demi.

Reggae

« Musique de *chanvre*. »
Jean-Eudes, 13 ans.

Renaissance

« Le génie de la Renaissance italienne est *Mickey l'Ange*. »
Inès, 8 ans et demi.

Renard

« Animal rusé qui s'approche de sa proie à pas de loup. »
Nadège, 6 ans.

Requin

« Gros poisson qui est bricoleur. Il y a des requins-marteaux mais je ne sais pas s'il existe des *requins-clous*. »

Lina, 8 ans et demi.

Retraite

« En 2020, il n'y aura plus assez d'argent pour les retraites à cause des vieux qui refusent de mourir. »

Alice, 12 ans.

Réveille-matin

« Instrument inventé pour réveiller les gens qui n'ont pas d'enfants. »

Rose, 9 ans et demi.

Révolution

« À l'époque, c'était quand la liberté est devenue obligatoire. »

Louis, 8 ans.

Richelieu

« Grand curé qui a créé la *Star académie française*. »

Stevie, 9 ans.

Rire

« Mon fromage préféré est la Vache qui rigole. »
Jacques, 6 ans.

Rois mages

« Ils étaient trois : il y avait Melchior, Gaspard et... *Bénabar* ! »
Marina, 7 ans.

Rose des vents

« Elle désigne les points cardinaux : le haut, le bas, la droite et la gauche. »
Éliott, 8 ans.

Rose

« Sur l'île de Ré, il ne pousse que des roses *crémières*. »

Léonie, 6 ans.

Rotation

« Action de roter. »

Karine, 5 ans et demi.

Rouquine

« Fille qui a bronzé avec une passoire. »

Isabelle, 6 ans.

Royauté

« Les insignes de la royauté sont la couronne, le spectre et la robe de chambre. »

Flora, 10 ans et demi.

Russie

« Pays où Napoléon est parti à la campagne pour prendre sa retraite. »

Gaëlle, 11 ans et demi.

Le dictionnaire (en Raccourci) de Papa

Rencontre, Rêve, Rondeur, Récompense, Risette, Ravissement, Ressemblance, Registre de l'état civil, Réorganisation, Roudoudou, Réveil nocturne, Rassurer, Raconter, Réconforter, Ride de fatigue, Roitelet (de sa mamie Renée), Rambarde, Rhinopharyngite, Remède, Rires, Ronchon, Rot, Repassage, Réjouissants (leurs plus jolis mots d'enfants), Refrain, Réciter, Rature, Recopier (dix fois !), Redire et Rabâcher, Ras-le-bol, Réfectoire, Récréation, Rapiécer, Ricaner (motif de punition), Réprimander, Ranger sa chambre (improbabilité), se Retrouver (avec Maman).

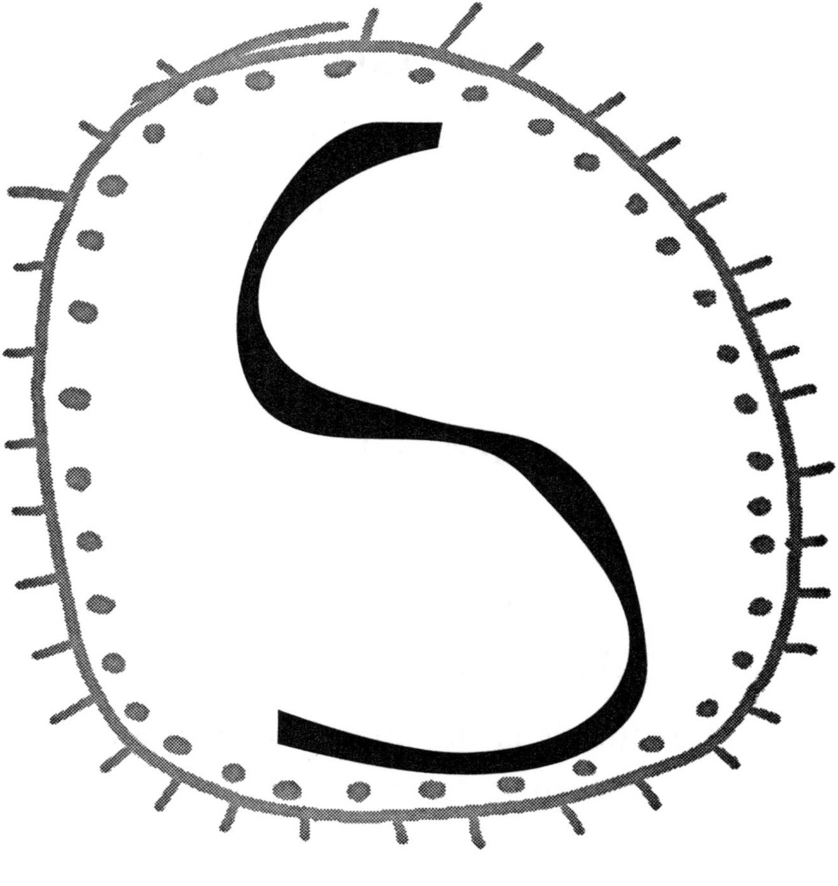
S

Sado-maso

« Adulte qui aime ce que les enfants détestent : la fessée. »

Donatien, 13 ans.

Sang

« Pour faire un don du sang, est-ce qu'il faut s'inscrire à la boucherie ? »

Émalyne, 6 ans.

Sanisette

« Toilettes de la rue qu'il faut payer un euro alors qu'on est dans le besoin. »

Isaline, 9 ans.

Sardine

« Petit poisson sans tête qui vit dans l'huile. »

Zita, 5 ans.

Scientifiques

« Gens très intelligents qui inventent des nouveautés. Les plus célèbres sont Pierre et Marie *Curry* qui ont découvert les épices. »

Ludi, 7 ans.

Secret

« Quelque chose que l'on dit tout bas à tout le monde. »

Alban, 9 ans.

Secrétaire

« Dame qui connaît plein de secrets de son chef et qui doit se taire. »
Tranh, 7 ans et demi.

Sens de l'orientation

« C'est quand tu fais toi-même le GPS. »
Lily, 8 ans.

Serpent

« La différence avec les vers de terre, c'est qu'il a les yeux qui font des tourbillons pour faire s'endormir les gens. »
Maria, 6 ans et demi.

Sex-appeal

« Vibromasseur qui marche sans qu'on le branche sur la prise électrique. Même qu'il y en a un sous le lit de ma grande sœur ! »
Louis, 10 ans.

Sexe

« La différence, c'est que les garçons ont des zizis et les filles ont des couettes ! »
Herbert, 6 ans.

Sicile

« Pays qui est un gros producteur de mafia italienne. »

Quentin, 11 ans.

Sida

« Maladie qui a été inventée pour concurrencer le cancer. »

Édouard, 7 ans.

Singe

« Mon petit frère ! »

Élodie-Anne, 5 ans.

« Comme il peut faire des grimaces, c'est l'animal qui ressemble le plus à l'homme. »
Landry, 6 ans et demi.

Sirène

« Femme du poisson quand elle est très belle. »
Aïcha, 5 ans.

Slip

« En japonais, on dit "sakakiki !" »
Domi, 7 ans.

Soleil

« Lampadaire et radiateur de la Terre. Sauf que c'est écologique. »
Ludivine, 6 ans.

Sous

« Argent qui s'achète au distributeur de billets. »
Evan, 7 ans.

Star

« Personne qui travaille beaucoup pour être connue et qui, après, porte de grosses lunettes noires pour ne pas être reconnue. »
Alexandre, 10 ans.

Statue

« La plus connue est la Vénus de *Milou*. Et même si elle n'a plus de bras, Tintin l'aime quand même. »
Gaspard, 5 ans et demi.

String

« Quand une femme est en string, c'est qu'elle ne porte presque pas de culotte ! »
Vivien, 9 ans.

Sudoku

« Nom d'une prise de judo. Mais je ne m'en souviens pas bien. »
Louison, 9 ans.

Surface de réparation

« Infirmerie installée au bord du stade de football. »

Karim, 7 ans et demi.

Surveillant

« *Gardeur* de vilains. »

Mokhtar, 8 ans.

Synonyme

« Mot qu'on écrit à la place de celui qu'on ne sait pas écrire correctement. »

Yvon, 10 ans.

Le dictionnaire (Sens dessus dessous) de Papa

Sensationnel, Savon, Shampoing (dans les yeux), Sent-bon (comme Papa), Sensible, Sentimentalement, Spontanément, Sieste, Sable dans les yeux, Sanglots, Sapeur-pompier, Sauterelle, Sable, Seau et pelle, Sandale, Socquettes, Scrabble (puisque je te dis que ça existe !), Scrogneugneu, Sparadrap, Secret (à ne répéter à personne), Siffloter, Sobriquet, Sucre d'orge, Sirop, Soda, Soldat, Série télé préférée, Scout, Singe, Surexcitation, Sans-gêne, petit Sauvage !, Sacripant, Surveiller, Sévère, Silence, Sinon gare !

T

Taches de rousseur

« Ce sont les seules qu'on ne peut pas nettoyer. »
Mounia, 7 ans.

Tag

« Écriture des jeunes sur les murs parce que, quand ils étaient petits, leur maman ne leur a pas donné assez de papier et de crayons pour s'exprimer. »
Léo, 8 ans et demi.

Taux de fécondité

« Les femmes font moins d'enfants parce que les enfants, ça fait que brailler. »
Nordine, 12 ans et demi.

Télescope

« Tube qui permet de regarder la télévision de très loin. »
Gabrielle, 5 ans.

Téléspectateur

« C'est l'*homme-vidéo* qui regarde la très grande télé avec les gros haut-parleurs. »
Clara, 6 ans et demi.

Télévision

« Chose qui raconte des histoires tout le temps. Quand on n'en a pas, il faut avoir une grand-mère pour ça. »
Naïla, 5 ans.

Temps

« Hier, c'est le passé ; demain, c'est le futur et aujourd'hui, c'est un cadeau : c'est pour ça qu'on l'appelle "présent". »
Fifi, 8 ans.

Tendresse

« C'est être deux. »

Mélusine, 5 ans et demi.

Tongs

« Ce sont les strings des pieds. »

Philippe, 8 ans.

Tonnerre

« C'est quand le ciel craque parce qu'il est en colère. »

Lou, 6 ans.

« Bruit qu'il y a dans l'air quand Dieu a fait un gros prout ! » *(Rires.)*

Antoine, 7 ans et demi.

Tortue

« C'est la maman de l'escargot. »

Romy, 4 ans.

« La race de tortue qui sait faire du karaté s'appelle Ninja. »

Louis, 6 ans.

Tournedos

« Après une dispute saignante, c'est la position dans laquelle Papa et Maman se retrouvent fâchés. »

Alina, 8 ans.

Travail au noir

« Monsieur africain qui travaille que la nuit. Parce qu'il fait moins chaud. »

Édouard, 6 ans et demi.

Trépas

« C'est quand le temps arrête de vivre. »

Manon, 7 ans.

Trou

« Creux rempli de vide. »

Laurent, 6 ans.

Trou de mémoire

« Problème qu'ont tous les bouchers parce que, pour s'en rappeler, ils écrivent le prix sur le papier, alors que Maman paie tout de suite. »

Ninon, 8 ans.

Tunnel

« Grotte avec deux sorties. »

Bengt, 8 ans.

« Pour en faire un, c'est simple : il suffit de prendre un trou et de construire une montagne dessus. »

Alex, 9 ans.

Le dictionnaire (Tout en Tendresse) de Papa

Tendresse, Têtard, Test de Trisomie, Triplés (déjà qu'avec des jumeaux...), vie de couple Tourneboulée, Téter, Tireuse, Timidité, Toupie, Timbale, Tatie et Tonton, Tartine, Tache, Tousser (pour mériter du bon sirop), Télé (pas toute la journée), Tente (confectionnée avec des couvertures), Tapis de jeu, Train, Tank, Tranquillité (durant la sieste), Tambourin, Tolérer, Tempérament, Trépigner, Tintamarre, Tête à claques, Tresse, Tricot (fait par Mamie), Trou (dans la chaussette), Trucmuche, Taille-crayon, Tête à Toto, Tignasse, Tomber, Tulle gras.

U

Uckange

« Région spécialisée dans le chômage. »
Brandon, 8 ans.

Ultraviolet

« Couleur impossible à peindre. »
Emma, 11 ans.

Uranus

« Ma planète préférée car on ne se fait pas disputer quand on prononce le mot de l'intérieur des fesses ! »
Jason, 7 ans.

Urbain V

« Pape français qui habitait en ville. À Avignon. »

Benoît, presque 10 ans.

Urgent

« Pipiiiiiii ! »

Nina, 5 ans.

Urine

« C'est le pipi dans le parler des docteurs. »

Samantha, 6 ans et demi.

Usine

« Deuxième maison de mon papa. »

Dylan, 8 ans.

Utrillo

« Peintre qui est mort à la fin de sa vie. »

Foulques, 9 ans.

Le dictionnaire (Universel) de papa

Union, Urgence (crise d'éclampsie), Unique (bien sûr qu'il n'y a que lui !), UHT (preuve de l'abandon du biberon), Ursule (nom de l'oncle, forcément), Uppercut (dans les lunettes de Papa), Utiles (les conseils de ceux qui sont passés par là), Usure des nerfs (à la moindre chamaillerie)...

V

Vache

« Animaux qui mangent de l'herbe car elles sont végétariennes et parce que, si elles mangent du bœuf, elles s'aperçoivent que c'est leur mari. »

Anabelle, 7 ans.

Vacherie

« Maison où dorment les *meuh*. »

Aline, 3 ans.

Vague

« C'est quand la mer est énervée. »

Jessica, 5 ans.

Vase

« Sorte de baquet où les fleurs boivent l'eau avec leurs pieds. C'est normal parce qu'elles n'ont pas de tête. »
Yliette, 6 ans.

Veines

« Celles des pieds de ma grand-mère ressemblent à des racines. »
Lili, 7 ans.

Vélo

« Moyen écologique de se déplacer sur les pistes *recyclables*. »
Noël, 8 ans et demi.

Vent

« Souffle créé par le déplacement d'air à cause de la Terre qui tourne très vite. »
Alice, 9 ans.

Vérité

« C'est quand on dit qu'on a fait des bêtises. »
Sophie, 6 ans.

« La vérité, c'est ce qui existe. Le mensonge, c'est ce qu'on invente. »
George, 10 ans.

Verlan

« Langue étrangère parlée en banlieue. Mais, c'est n'importe quoi parce que fou en verlan, ça fait "*uof*" et pas "*ouf*" ! »
Alban, 9 ans.

Verre

« Bol transparent mais qui peut être vert. »
Clarence, 6 ans et demi.

Ver solitaire

« Sorte de limace qui vit tout seul dans la terre du jardin. »
Aline, 5 ans.

Vespasienne

« Petit scooter fabriqué made in Italie. »
Amandine, 7 ans.

Vie

« C'est une histoire vraie. »
Ludivine, 9 ans et demi.

Vieillesse

« C'est à cet âge-là qu'il faut se marier. Comme ça, on hérite plus vite. »
Thomas, 8 ans.

Vieux

« Âge qu'on a quand on a des vagues au front. »
Nathanel, 6 ans et demi.

« C'est quelqu'un qui dit "Tu" à tout le monde, alors que tout le monde lui dit "Vous". »
Nathan, 8 ans.

Volcan

« Montagne qui fume quand elle est en *érection* ! »

Ibrahima, 9 ans et demi.

Voleur à la tire

« Bandit qui vole des voitures. »

Mathieu, 7 ans et demi.

Vomir

« C'est faire caca avec la bouche. »

Lolo, 5 ans et demi.

« C'est quand on *démange*. »

Natacha, 6 ans.

Voter

« Pour choisir le chef de la France, il faut mettre sa carte de visite dans une petite enveloppe. »
Nicolas, 8 ans et demi.

Voyelle

« Femelle du voyou. »

Jacques, 6 ans et demi.

Le dictionnaire (Véridique mais en Vrac !) de Papa

gros Ventre, Vénus, Vergeture, Vivipare, Vomi (c'est pas grave), Varicelle, Vaccin (aïe !), Veiller, Vigilance maximum, Vérité, Volonté, Voiture à pédales, Verbes du premier groupe, Voleur de billes, Vacarme, Vexé, pleurer pour une Vétille, nerfs à Vif, Vociférer (Papa surtout), Vive les Vacances !, plonger dans les Vagues, balades à Vélo, course de Vachettes, être Vanné (tous les soirs), Vincent !

W

W

« C'est une lettre qui fait des montagnes russes à l'envers. »
Marine, 6 ans.

Warning

« Lumières qui veulent dire que la voiture est cassée. »
Emma, 6 ans et demi.

Washington

« C'est la ville de l'Amérique où se trouve la *baraque* d'Obama. J'y comprends rien parce que c'est la Maison-Blanche, alors qu'il est noir ! »
Agathe, 11 ans.

WC

« C'est l'abréviation anglaise du petit coin. Ça veut dire *water-causette*, parce qu'on peut discuter avec celui qui attend de l'autre côté de la porte. »
Constance, 8 ans.

Whisky

« Boisson que boit Papa avant de chanter très fort. »
Anice, 7 ans et demi.

Le dictionnaire de Papa

Waouh !!! (c'est du sport d'avoir des enfants).

XYZ

X

« Signature des petits enfants qui ne savent pas encore vraiment écrire. »
Adèle, 6 ans.

Né sous X

« C'est quand on est né d'une maman qui est star de films porno. »
Valentin, 11 ans et demi.

X pour adultes

« Quand Papa s'enferme dans sa chambre pour regarder la télévision... »
Marcia, 10 ans.

X pour enfants

« *Titeuf* est le livre porno pour les enfants parce qu'il parle toujours de son zizi ! »

Claire, 9 ans et demi.

Le dictionnaire de Papa

XX et XY (fille ou garçon, une affaire de hasard chromosomique...)

Yaourt

« Dessert qui a le goût de la grosse rigolade quand on s'en sert pour faire des bagarres à la cantine. »

Tom, 8 ans.

Yes !

« Exclamation de mon papa, quand il a réussi à me coucher juste avant les hymnes du match de football. »

Isabelle, 10 ans et demi.

Yeux

« Même s'ils sont de toutes les couleurs, on voit tous la même chose. »

Sassan, 7 ans.

« Ils peuvent être bleus, noirs, marron, verts et rouges... Si, sur les photos ! »
Marie, 6 ans.

Le dictionnaire de Papa

Yes ! (cri du cœur des parents qui attendent depuis si longtemps que ça marche), Yoga (pour la maman), Youpi ! (cri du cœur de l'enfant qui est autorisé à regarder la télé après 20 h 30), Yéti (indémodable est celui de Tintin), Y a qu'à !

Zèbre

« Cheval qui ressemble à un prisonnier. »

Aline, 6 ans.

« Animal métis parce qu'il a un papa noir et une maman blanche. »

Ibrahima, 8 ans.

« Les zèbres ont des rayures noires ou des rayures blanches. Ça dépend. »

Marina, 7 ans.

Zéro

« C'est la première lettre des chiffres. »
Carl, 6 ans.

Zizi

« C'est ce qui fait ressembler les papas à des petits éléphants parce qu'ils ont une petite trompe ! »
Gaspard, 6 ans et demi.

« Les enfants ont des petits zizis et les papas ont beaucoup de zizi. »
Sébastien, 6 ans.

Zoo

« Hôtel pour les races d'animaux qu'on ne peut pas avoir à sa maison. »

Zoé, 6 ans.

Zorro

« Héros qui n'a pas de stylo. Donc il écrit son nom avec son épée. »

Hubert, 6 ans et demi.

Zut !

« Gros mot des grand-mères. »

Anne-Laure, 7 ans.

Le dictionnaire (Zen) de Papa

di-Zygotes (mes faux jumeaux), Zodiaque (ils sont Capricorne), Zizis (ils en sont très fiers), Zoom (des milliers de photos pour ne pas oublier), Zig Zag (leurs débuts en vélo), Zoo (y a déjà des singes à la maison), Zigotos et Zouaves (tout le temps !), Zizanie (tout le temps aussi), Zigouiller (fugaces envies de les passer par la fenêtre...), Zygomatiques (récurrentes envies d'éclater de rire), ZZZZ... (nostalgie des grasses matinées et autres siestes).

Quelques lettres encore...

A... pour Adieu à la Mamie Renée, qui ne pourra malheureusement pas se délecter de ce petit dico comme elle avait tant aimé lire *Le Petit Livre réjouissant des plus jolis mots d'enfants*.

É... comme Éditrice et Anne-Laure Schneider qui a toujours cru que les mots d'enfants peuvent donner de jolis petits livres.

I... comme Ineke, pour sa précieuse présence et sa relecture.

L... pour Louis, qui aurait pu illustrer cet opuscule avec ses beaux dessins.

M... comme Mamie Reine, grand-mère dévouée.

P... pour Papy Jacques, grand-père attentif.

R... comme Remerciements à tous ces enfants dont on adore couvrir les lottes de bisous.

V... pour Vincent, dont l'écriture appliquée relie si joliment les mots.

D'un dico à un livre d'or...

Je suis bien certain que vos enfants, petits-enfants, neveux, cousins, camarades de square ont aussi leurs propres définitions. Un conseil : consignez-les, afin de ne pas les oublier...
Et j'aurais grand plaisir à ce que, à votre tour, vous me les fassiez partager par courriel à l'adresse suivante :

ledicorigolodesmarmots@gmail.com

Conception et réalisation graphique (gribouillis compris !) :
Luc Doligez

Illustrations (intérieur) © Iris de Mouy

Impression CPI Bussière, août 2009
à Saint-Amand-Montrond (Cher).
Editions Albin Michel
22, rue Huyghens, 75014 Paris.
www.albin-michel.fr

ISBN 978-2-226-19305-6
N° d'édition : 25933. N° d'impression : 092038/1.
Dépôt légal : septembre 2009.
Imprimé en France.